アポリネール詩集

飯島耕一訳

詩集『アルコール』より

地帯

まったくのところ　きみはこの古い世界にあきあきしている
羊飼いの娘　お　エッフェル塔よ　橋という名の羊の群れが　今朝めえめえと鳴きたてて

きみはギリシャ　ローマの古代文明に生きすぎたね

今では自動車さえ古くさく見え
宗教だけがなお新しいままだ
宗教だけは空港の格納庫のようにシンプルだ

ヨーロッパでただ一人きみは古くない　おお　キリスト教よ
もっとも現代的なヨーロッパ人　それは法王ピオ十世

けれどもいくつもの窓がきみを見ているので　はずかしさから
今朝きみは教会に入らず懺悔もしないのだ
きみは　大声でうたっている内容見本やカタログやポスターを読む
それらが今朝は詩なのだ　散文ならば新聞がある
有名人の写真やたくさんのいろいろな見出しや
警察沙汰でいっぱいの二十五サンチームの週刊誌がある

ぼくは今朝　名は忘れたがきれいな街を見た
新しく清潔なその街は　太陽のラッパ手だった
支配人や労働者や美しいタイピストたちが
月曜の朝から土曜の晩まで日に四回そこを通るのだ
朝に三度　サイレンがそこでうなり
気みじかな鐘が　おひる頃に　吠えたてる
看板や壁の文字が
標識が掲示板が　オームをまねてわめいてた
ぼくはこの産業の街の優美さが好きだ
それはオーモン・ティエヴィル街と　テルヌ通りにはさまれたパリの一劃

そこには若い街があり　きみはまだほんの子供だ
きみのお母さんはきみに青と白しか着せないのだ
きみはとても信心深い　きみのもっとも古い仲間ルネ・ダリーズもだ
きみたちにとって教会の壮麗さほど好ましいものはなかった
九時　ガス燈が青くほそめられ　きみたちはこっそりと寄宿舎の寝室をぬけ出し
学院の礼拝堂で夜どおしお祈りをした
その間　永遠のあがむべき深遠なもの　紫水晶の色をしたもの
キリストの燃える栄光がいつまでもめぐっている
それはぼくらみんなが育てる美しい百合の花
それは風も消すことのない赤毛を束ねた松明だ
それは悩める母の　青白いしかもまっ赤な息子だ
それは祈りという祈りの久しくしげる樹木
栄誉と永遠性の二本の腕木だ
六つの枝をもつ星だ
それは金曜日に死んで日曜日によみがえる神
それは飛行士よりも上手に天空に昇るキリストだ
彼は高度の世界記録を樹立する

キリストの瞳孔《ピュピイル》
世紀の二十番目の孤児《ピュピイル》はなすべきことを知っていた
鳥となったこの世紀はイエスのように空にあがる
地獄の悪魔どもが首をのばして彼を見る
彼らは　あれはユダヤの魔術師シモンをまねているのだと言う
彼らは叫ぶ　飛行《ヴォレ》するなら泥棒《ヴォルール》と呼ぶぞ　と
この美しい飛行家のぐるりを天使たちが飛びまわる
イカルス　エノク　エリヤとテュアナのアポロニオスが
最初の飛行機のぐるりに浮かぶのだ
彼らは聖体を運ぶ人々
聖体のパンをいただき　永久にのぼりつづける司祭らを通すためにわきへ寄る
飛行機はついに翼をひろげたまま着陸する
天空はそのとき幾百万という燕でいっぱい
羽搏きをして　カラスが鷹が　フクロウが来る
アフリカからは　トキが紅鶴がコウヅルが到着
物語作者や詩人らがほめたたえるアラビアのロック鳥は
人類最初の頭　アダムの頭蓋を爪につかんで舞っている
鷲は一つだけするどく叫びながら地平からやってき

アメリカからは小さな蜂雀が
シナからは翼が一つしかなく　番になって飛ぶ
あの翼の長くしなやかなピイスの鳥がやってきた
それから純潔な霊である鳩
鳩は琴鳥と　眼状斑のクジャクに守られていて
わが身を焼かれまた甦えった火刑台の不死鳥は
一瞬　すべてをその熱い灰で蔽うのだ
乙女の顔　鳥の姿したセイレネスも　危険な海峡をあとにして
三羽ともかわいらしく歌いながらやってくる
そして鷲も　不死鳥も　シナのピイス鳥も
みんな　空飛ぶ機械と兄弟のように親しむんだ

今　きみはただ一人パリの群衆のなかを歩いている
バスの群れは鳴きながらきみの側を走り
恋の苦しみはきみの喉をしめつける
もう愛されるということもないかもしれないと
きみがもしも昔の人ならまったくの話　僧院に入るところ
きみたちは祈っている自分に気づくと　はずかしく思うのだ

きみは自分を嘲笑する　と地獄の火のようにきみの笑いははぜるんだ
その笑いの火の粉はきみの生命《いのち》の背景を金色に染め
それは暗い美術館にかけられた一枚の絵となる
きみはときおり近寄ってそれを見る

今日きみはパリを歩く　女たちは血まみれ
思い出したくないことだがそれはかつて美の衰弱のしるしだった

燃える炎にかこまれて聖母像はシャルトルでぼくを見つめた
サクレ・クール寺院の血はモンマルトルでぼくを濡らした
至福のお言葉を拝聴してぼくは病気になる
ぼくが悩んでいる恋は　あの恥ずかしい病気の一つ
きみにつきまとうあの面影は　不眠と苦悶のうちにきみをなおも生かす
あの過ぎて行く面影は　いつでもきみのすぐそばにあった

今きみは地中海のほとりの
一年じゅう花咲いているレモンの木の下
きみは仲間たちと舟遊びをする

一人はニース　それにマントンの男と　二人のテュルビイの男
ぼくらはおびえながら深海のタコをみつめた
藻のあいだに救世主の姿をした魚たちが泳ぐ

きみは今プラーグ近郊の旅籠《はたご》屋の庭
きみは倖せな気持だ　テーブルには一輪のバラ
きみは散文の短篇を書くかわりに
バラの花の芯に眠るオオハナムグリを観察

聖ヴィト寺院のめのうのなかに自分の姿が描かれているのを見てきみははっとする
きみはそこに自分を見て一日死ぬほど悲しかった
きみは日の光に狂いそうになったあのラザロにそっくりだ
ユダヤ人街の大時計の針はさかさにまわる
してきみもきみの人生のなかをゆっくりと後ずさりする
プラーグの旧市内《フラジン》の坂をのぼったり　晩には
居酒屋でチェコの歌がうたわれるのを聞いたりしながら

きみは今マルセイユ　水瓜畑のまんなかに

きみは今ローマ　日本のビワの木の下に

きみは今アムステルダムにいる　きみは美しいと思っているが実は醜い娘と
彼女はライデンの学生と結婚するはずだ
ここではラテン語で部屋を探す　クビクラ　ロカンダと
ぼくは思い出す　この町で三日　グーダで三日過ごしたことを

きみはパリ　予審判事のところに
罪人として逮捕されている

きみは自分の嘘と年令に気づくまでは
きみも苦しくもたのしい旅をした
きみは二十のときと三十のときに恋に苦しんだ
ぼくはばかみたいに生きた　そして時を失った
きみは自分の手をもうあえて見はしない　いつもいつもぼくは泣きたいのだ
きみのこと　ぼくの愛する女の子と　きみをおそれさせた一切のことで

きみは眼を涙でいっぱいにしてあのあわれな移民たちを見つめる
彼らは神を信じている　彼らは祈っている　女たちは子供に乳をのませている
彼らは自分のにおいでサン・ラザール駅のホールをいっぱいにする
彼らは東方の博士たちのように自分の星を信じている
彼らはアルゼンチンで金をもうけ
財産をつくってから自分の国に戻りたいのだ
ある一家はきみたちが自分の心を持ち運ぶようにして　赤い羽根ぶとんをもち歩いて
いる
あの羽根ぶとんもぼくらの夢も同じく現実的ではない
これらの移民の幾人かはここに残って住むのだ
ロジエ街かエクーフ街の廃屋だ
ぼくはしばしば晩になって彼らを見た　彼らは道に出て風に吹かれているが
将棋の駒めいて思い出したように場所を変えるだけ
ユダヤ人がとくに眼につく　彼らの妻はかつらをつけて
店の奥に血の気のない顔して坐っていた

きみは今あやしげなバーのカウンター
きみは不倖せな人々にまじって　二スーのコーヒーを飲んでいる

きみは夜　大きなレストランにいる
あの女たちは性悪なのではない　ただ悩みごとを持っているのだ
いちばん醜いのもふくめてみんな情夫《おとこ》を苦しめてきた
彼女はジャージーの巡査の娘だ
これまで見たことのなかった彼女の手は　固くてひびが切れていた
ぼくは彼女の腹の傷あとに　はかり知れぬあわれさを感じ
ぼくは今　ひどい笑い方をするあのあわれな娘に　自分の唇を思わず出すのだ

きみは一人　すぐに朝が来る
牛乳屋は街々にその鑵をうち鳴らす

夜は遠去かる　美しい女神メティスに似て

それはいつわりの女レアか　びくびくしているフェルディーヌか

そしてきみは飲むこの燃えるアルコールをきみの生命《いのち》のように
一杯の火酒《オー・ド・ガイ》のようにきみは飲む　きみの生命《いのち》を

きみはオートイユのほうへ歩く　歩いて家へ帰り
オセアニアとギニアの彫像にかこまれて眠りたい
これらの彫像はキリストだ　別のかたちの別の信仰の
これらは混沌とした希望のなかの　一級下のキリストなのだ

さようならいつまでも

太陽　おお切られた首よ

ミラボー橋

ミラボー橋のしたセーヌは流れ
　わたしたちの恋も
せめて思い出そうか
悩みのあとには喜びが来ると

　夜は来い鐘は鳴れ
日は過ぎ去りわたしは残る

手と手をとりあい向きあって
　こうしていると
わたしたちの腕の橋のした
疲れた波の永遠の眼差しが通って行く

夜は来い鐘は鳴れ
日は過ぎ去りわたしは残る

恋は過ぎ去るこの流れる水のように
恋は過ぎ去る
何と人生の歩みはおそく
何と希望ははげしいのか

夜は来い鐘は鳴れ
日は過ぎ去りわたしは残る

日がたちいくつもの週もまた
過ぎた時も
くさぐさの恋ももどって来ない
ミラボー橋のしたセーヌは流れ

夜は来い鐘は鳴れ
日は過ぎ去りわたしは残る

恋を失った男の歌

ポール・レオトーに

そしてぼくはうたった　この恋歌《ロマンス》を
一九〇三年　不死鳥に似たぼくの恋が
ある夕　死んだとしても
次の朝　甦える
と知ることもなく

薄霧のこめたある夕　ロンドンで
ぼくの恋人に似た一人の不良少年が
ぼくを迎えにやってきた
彼はぼくを見つめ
ぼくは羞恥に眼を伏せた

ポケットに手をつっこんで口笛を吹く
この不良少年のあとについて行った
紅海の波が二つにひらけたような
家並の間で　彼はヘブライの民
ぼくはエジプトの王に似ていた

恋人よ　きみが愛されたおぼえがないというなら
この家並の煉瓦の波もくずれるがいいのだ
ぼくはエジプトの君主なのだ
きみがただ一人の恋人でないというなら
王の童貞妻　王の軍隊も斃れるがいい

家々の門の　ありとある灯で
燃えている　とある通りの曲り角に
灯は血の色をした霧の傷口
いくつもの門が悲しんでいたそこに
あの少年に似た一人の女がいた

それは人の心というもののわからない眼差しだった
あらわな頸の傷あとが
居酒屋から酔って出て来た
そのとき　ぼくは識ったのだ
恋そのものの影と日向を

賢いユリシーズがやっとのこと
その祖国へ帰りついたとき
彼の老犬は主人を思い出した
竪機《たてばた》の敷物のそばで
妻は彼の帰るのを待っていた

天女シャクンターラの夫王は
戦いに疲れたが　その青ざめた妻が
愛慕のために眼の光も褪せ
その羚羊を愛撫しているのを見出して
狂喜した

ぼくは思った　この幸福な王たちを
いつわりの恋と　ぼくのまだ
恋いこがれているあの女《ひと》とが
その不実な影をきわだたせて
ぼくをこんなにも不幸にしたのだ

地獄を思わせる悔恨よ
お願いだから忘却の空がひらけるように
彼女の接吻のためになら　世の王たちも
死を辞さなかったろう　彼女のためならば
貧しい者らはその影を売りもしただろう

ぼくは自分の過去に　寒さを避けた
帰って来い　復活祭の太陽よ
セバストの四十人の殉教者よりも
凍てついた心をあたためるため
彼らにもぼくの生命《いのち》ほどの苦悩はなかったのだ

美しい船　おお　ぼくの記憶よ
口に苦い波をこえてぼくらは
思いのたけ　航海したのではなかったか
美しい夜あけからさびしい夕暮れまで
思いのたけ　さまよったのではないか

お訣れだ　遠ざかって行く女のひとと
まじりあった　いつわりの心よ
あのひとを　去年ドイツで
ぼくは失った
もう　逢うこともないだろう

銀河よ　おおカナンの白い流れと
恋する女たちの白い肉体の
光りかがやく妹よ
ぼくら死したる泳ぎ手はあえぎながら
きみの流れを　他の星雲へとたどればよいか

ぼくは思い出す　過ぎたある年を
それは四月のある日の明け方だった
ぼくは愛されるよろこびをうたった
男らしい声で　恋をうたった
一年の　恋の季節に

過ぎた年喜びの主日にうたった朝の歌《オーバード》

春が来た　パケットよ　おいで
美しい庭を散歩しに
雌鶏が裏庭でクワックワッと鳴いている
夜明けが空にバラ色の襞をつくり
愛がきみを征服しようと進んでくる
ぼくは忠実だ　主人に対する番犬のように
幹に対する　きづたのように
草原《ステップ》と十戒に対する
酔いどれで信心深い盗賊　かの
ウクライナのコサックたちのように

占星学者らのたずねる
あのトルコの半月をくびきとしてもて
われは全能のサルタンであるぞ
おお　わがウクライナのコサックたちよ
汝らの　光まばゆい主君だぞ

汝らわが忠実な臣下であれ
サルタンはコサックらに書き送った
彼らはこの知らせを笑って
ただちに返書をしたためた
一本のローソクの光のもとで

コンスタンチノープルのサルタンに宛てた
ウクライナのコサックの返書

あのバラバより罪深く
悪しき天使のごとく角が生え

貴様はどんな悪鬼《ベルゼブル》の首なのか
汚物と泥とに養われたもの
貴様の夜宴《サバト》におれたちは行かぬぞ

サロニカの腐った魚のトルコ人め
槍でえぐった眼玉と
ぞっとする眠りの長い頸飾りめ
母親が腹くだし気味の屁をたれて
その腹痛から貴様は生まれたのだ

ポドリアの首斬人め
傷口の潰瘍のかさぶたの情人め
豚のつら　牝馬のけつ
お宝を大事にしなされよ
貴様の薬代を払うためにな

（銀河よ　おおカナンの……）

銀河よ　おおカナンの白い流れと
恋する女たちの白い肉体の
光りかがやく妹よ
ぼくら死したる泳ぎ手はあえぎながら
きみの流れを　他の星雲へとたどればよいか

牝豹のように美しい
あの売女《ばいた》めの眼に未練がのこる
恋人よ　きみのフィレンツェ風の接吻には
ほろにがい味があって
それがぼくらの運命を狂わせたのだ

彼女の眼差しは夕闇のなかに
わななく星の裳裾を曳き
瞳のなかにはシレーヌが泳いでいた
ぼくらの血まみれの　嚙みあった接吻は
二人の代母の仙女を悲しませ

だがぼくはほんとうに彼女を待っている
身も心もうちこんで
みかえり橋の上に立ち
もしあのひとが帰ってきたら
ぼくは言うだろう　うれしいと

ぼくの頭も心もからっぽだ
そのために空もうつろだ
おお　ぼくのダナイデスの樽よ
無邪気な男の子のように
幸福になるにはどうしたらいい

忘れることなどどうしてもできない
ぼくの小鳩よ　白い港よ
むしられた雛菊よ
遠いぼくの島　ぼくのデジラード
ぼくのバラ　ぼくの丁字よ

サチュロスに　火蛾
半羊神　そして鬼火
劫罰を受けるか　魂を売るかの運命
カレーの市民のように首に縄をかけられ
ぼくの苦しみの何という燔祭だろう

二つの運命を重ねあわせた苦しみよ
一角獣座と　磨羯座よ
ふみ迷ったぼくの肉体と魂は
おまえから逃れるのだ　おお
星々と朝の花々に飾られた聖なる火刑台よ

象牙の眼をもつ青ざめた神　不幸よ
狂気の司祭らは　おまえ　不幸を飾りたてたか
黒衣をまとったおまえの犠牲《いけにえ》たちは
空しく泣いてきたか
不幸という　信じられてはならない神よ

そして匐いながらぼくについてくるおまえ
秋に死んだぼくの神々の神よ
おまえは測るのだ　ぼくがこの地から
どれだけの長さをあたえられる資格があるか
おお　影よ　おお　ぼくの年古りた　なんじ蛇よ

おまえが好きなので　陽の光の下へ
ぼくはおまえを連れてきた　思い出すか
ぼくの愛する暗黒の妻よ
何ものでもなく　おまえはぼくのもの
おお　このぼくの喪に服した　ぼくの影よ

雪に閉ざされた冬は死んだ
蜜蜂の白い巣箱は焼かれた
庭のなかで　果樹園で
小鳥は枝でうたっている
明るい春を　かろやかな四月を

不死身の銀楯《ぎんじゅん》の精兵も死に
銀色の楯かざす雪も
鉛色の樹木の精から逃れる
眼をうるませて微笑をとりもどす
貧しい人々に親しい春
ダマスカス生れのご婦人の
尻ほどにこのぼくの心は重い
おお恋人よ　あまりにも愛しすぎた
そして今　あまりにも心がつらい
七つの剣は抜きはなたれて

憂愁の七つの剣は
冴えわたり　おお　するどい痛み
ぼくの心に突き刺さり　狂気が
ぼくの不幸を明かそうとする
どのようにして　ぼくは忘却を手に入れようか

七つの剣

まず最初のは悉皆の銀
そのふるえるような名　それはパリーヌ
その刃は雪の冬空
血にまみれる運命　皇帝派《ジベリーヌ》
ヴルカヌスはこれを鍛えながら死んだのだ

第二はヌーボスという名
美しく陽気な虹だ
神々はこれをその婚儀に用う
ベ・リューの三十人を殺し
魔女カラボスが贈ったもの

第三は女らしい青色をしているが
リュール・ド・ファルトナンと名づけられた
男根《シブリアーブ》にほかならない
小人となったヘルメス・エルネストが

布にのせて持ったもの

第四のマルレーヌは
緑と金色の河
日暮れに岸辺の女たちはそこで水浴びし
その裸身はかがやき
櫂を持つものの歌声はそこにたゆたう

第五は　サント・ファボー
この上もなく美しい紡錘竿《つむ》
四方の風もひざまずく
墓標の上の一本の糸杉
そして夜ごとの炬火の一つ

六本目は名誉の地金
朝が来ればぼくらをひきはなす
やさしい手をした友だ
お訣れだ　そちらがあなたの道

雄鶏はファンファーレにのどをからした

そして第七の剣は憔悴だ
しぼんだバラ　死んだ女
ありがとう　ぼくの恋人の最後の一人が
戸を閉めてくれて
ぼくはあなたをつい知らないのだが

（銀河よ　おおカナンの……）

銀河よ　おおカナンの白い流れと
恋する女たちの白い肉体の
光りかがやく妹よ
ぼくら死したる泳ぎ手はあえぎながら
きみの流れを　他の星雲へとたどればよいか

偶然の魔が
天空の歌にひかれてぼくらを誘う

やつらのヴィオロンが空しいひびきで
ぼくら人類を踊らせる
下り坂をあとずさりで

運命よ　洞察しがたい運命よ
狂気にゆすぶられた王たちよ
歴史にふみにじられた荒廃の地の
きみらがベッドのいつわりの女たち
そのわなないている星々よ

ルイトポルド　あの老いたるババリアの摂政公は
二人の狂気の王のうしろ楯
彼は運命を思ってすすり泣いたか
サン＝ジャンの描いた金の蠅
あの蛍の光のちらちらする夜に
女主人のいないシャトーの近く
小舟は舟歌をうたって

白い湖の上　また春にわななく
風の息吹きのその下で
白鳥か　死にかけたシレーヌが漕いでいた

ある日　一人の王が銀色の水のなかに
溺れ　それから戻ってきた
口をひらいて波に浮び
岸辺へと　力つきたその眠り
うつろいやすい空に顔を向けたまま

六月おまえの太陽　燃える立琴が
痛むぼくの指を焼く
悲しくそして調べ美しい錯乱を
ぼくは美しいパリを
死ぬ気もなしにさまよい歩く

ここではいつもが日曜だ
そして手まわしオルガンが

灰色の小路ですすり泣く
パリのバルコンの花々は
ピサの塔のように傾いて

ジンに酔っぱらったパリの夜は
電気の光に燃えながら
背骨にみどりの火を散らす
電車はレールのつづくかぎり
機械の狂気をうたうのだ

煙でふくれるキャフェは
そのツィガーヌや鼻風のサイフォンに
腰巻つけた給仕《ギャルソン》に
悲しい歌を叫びたてさせる
きみに向かって　あんなにもぼくの愛したきみに向かって

女王たちに捧げる小さな詩も
わが過ぎた年月の嘆きの歌も

ウツボの餌に投げられる感謝の歌も
恋を失った男の恋歌《ロマンス》も
シレーヌのための歌も知っているぼくだったのに

いぬサフラン

毒があるけれど美しい　秋の牧場
草を食みながら牝牛たちには
ゆっくりと毒がまわる
いぬサフランが咲いている　目の暈《かさ》の色　リラの色
きみの目もあの花のようだ
すみれがかって　きみの目の暈のよう　この秋のよう
してきみの瞳のためにぼくの生命《いのち》にも毒がまわる

小学校の生徒たちが騒ぎながらやってくる
木綿の服を着て　ハーモニカを吹き
みんなはいぬサフランを摘む　母さんのような
娘のなかの娘のようなサフラン　きみの瞼の色した花を
きみの瞼は花々が　気ちがい風にまばたくようにまばたいて

羊を守る牧童はとても静かに歌をうたい
と　牝牛たちはゆっくりと鳴きながら
秋がまばらに花を咲かせる　この広い牧場を永久に見捨ててしまうのだ

アンニー

テキサスの丘の上
モービルとガルヴェストンのあいだに
薔薇でいっぱいの大きな庭
がある　そこには別荘《ヴィラ》もある
それがまた一つの大きな薔薇

一人の女がしばしば散歩する
庭のなかを　ただ一人で
菩提樹にふちどられた道をぼくが歩くとき
二人は見つめあう

この女はメンノー派だから
彼女の薔薇にも服にも蕾《ボタン》がない

ぼくの上着にも二つ足りない
婦人とぼくは　まあ同じしきたりのうちにあるのだ

クロチルド

憂愁が
愛とさげすみのあいだに眠っている
そんな庭に　アネモネと
おだまき草が芽をふいた

そこにはまたぼくらの影もやって来る
夜が消し去ってしまうその影法師
影に闇をあたえる太陽も
影といっしょに消えるだろう

泉の湧き水の神々が
その影の髪毛を流しやっている
追い求めるがいい　おまえのほしい

あの　美しい影法師が逃げて行く

行列

レオン・ベルビィ氏に

静かな鳥　逆方角に飛行する鳥
ぼくらの土地がはやくもかがやいている見えるそこ
空中に巣を構える鳥よ
第二の瞼を伏せろ　きみが頭をもたげると
地球はまばゆいぞ

近くで見るとこのぼくも暗くてそしてつやがない
今　霧がランプを暗くしたのだ
一つの手がとつぜん眼をふさいだ
あなたがたとすべての光をさえぎる円天井
ぼくは影たちと眼たちの整列するなかをかがやきながら
やがて愛する星々から遠ざかって行くだろう

静かな鳥　逆方向に飛行する鳥
ぼくの記憶がはやくもかがやいて見えるそこ
空中に巣を構える鳥よ
第二の瞼を伏せろ
太陽のためでもなく地球のためでもない
やがてある日　唯一の光明になるほどに
強度をまして行く　あの横に長い人のためだ

ある日
ある日　ぼくはわれとわが身を待っていた
ぼくは自分に言った　ギヨーム　そろそろきみも出て来いよ
他人を知っているこのぼくに
ぼくとは誰であるかを知らせたいためだった
ぼくは五感によって　また他の何かで他人を認識する
あの数限りない人々を再生するには　彼らの足を見るだけで充分だ
彼らのパンの神のような足を　彼らの髪のひとすじを見るだけで充分だ
医者をつくりたいときには彼らの舌を

予言者をつくりたいときには彼らの子供らを見るだけで
船主の船を　同業者のペンを
盲人たちの銭を　唖たちの手を
書体ではなく　語彙《ごい》をもとめて
二十歳すぎた人々の手紙を見るだけで
彼らの教会の匂いをかぐだけでぼくには充分だ
彼らの都市を流れる河のにおい
公園の花の香りを
おお　コルネリウス・アグリッパよ　一匹の小犬の匂いでぼくには充分だったのだ
きみのケルンの市民たちを　彼らの東方の博士たちを　そしてまた
きみに女というものに関する誤った見方を吹きこんだ
ウルスラの修道女の　長蛇の列を正確に描き出すためには
ぼくが愛するか　嘲笑するか　その人の育てた月桂樹の葉の味をためしてみれば充分だ
その人が寒がりかそうでないかを確信するには
着物にさわってみるだけでよい
おお　ぼくの識っている人々よ
彼らの足音を聞くだけでぼくには充分だ
彼らのとった方角をきっぱりと指さすには

ぼくにはこの人々のすべてで充分だ
ぼくが他人を甦えらせる権利をもつと自らたのむには
そうだ　ある日　ぼくはわれとわが身を待っていた
ぼくは自分に言った　ギヨーム　そろそろきみも出て来いよ
感激的な足どりで　ぼくの愛する人々は前進しているのだった
その人々のなかにぼくの姿はなかった
藻で蔽われた巨人たちが
彼らの塔だけの　島のように突き出した海底の街々を歩いていた
そしてその海は自らの深淵の光をたくわえ
ぼくの血管の血をめぐらせ　ぼくの心臓を搏たせる
それから陸上に千万の白い蛮族がやってきた
その一人一人は手に一輪のバラを持っていた
そして彼らが道すがら発明した言葉
をぼくは口うつしにおぼえ　ぼくは今もその言葉を話してる
行列は過ぎて行き　ぼくはそこに自分の肉体を探したのだった
やって来る人々はいずれもぼく自身ではなかったが
ぼく自身の破片《かけら》を彼らは一つ一つもたらした
人々は塔を建てるように少しずつぼくを建造した

諸民族が集まって　このぼく自身があらわれた
ぼくをつくったのは　あらゆる人間の肉体と事物なのだ

過ぎた時よ　故人となった人々よ　ぼくを形づくった神々よ
あなたがたが通り過ぎて行ったように　ぼくもただ過客として生きる
うつろな未来から眼をめぐらすと
ぼく自身のうちに過去が大きなものとなるのがわかる
まだ存在しないもののほかは　何ものもほろびていない
光りかがやく過去のすぐ側で　明日は無色だ
明日はまた無形だ　完璧に一切をさし出すもの
努力と結果のかたわらでは

マリジビル

ケルンの目抜き通りを
晩になると彼女は行ったり来たりしたものだ
どんな男にでも　かわいい娘《こ》になって
それから客引きに疲れると夜おそく
いかがわしい飲み屋でのんでいた

赤毛で浮気な情夫のせいで
彼女は藁に寝るほどの貧しいくらし
男はユダヤ人でニンニク臭かった
台湾からの戻りがけ　上海の
淫売屋から連れられた

いろんな連中をぼくは知っている

その運命は同じじゃない
落葉のように定めない
彼らの眼は消えきらぬ火
彼らの心はがたぴしして　その戸口のようだ

旅行者

フェルナン・フルーレに

あけて下さい　泣きながらぼくの叩くこの扉を
人生はエウリポスの渦のように変りやすいのです

きみは見ていた　ひとかたまりの雲が
連れをなくした船もろともに待ちかまえている恐怖のほうへ下りて行くのを
あの無念さ　あのいたましさのすべてをきみはおぼえているか

海の波　弓なりの魚たち　海上の花
ある夜のこと　そこは海だった
していくつもの河がそこに流れこんでいた

ぼくはおぼえている　今でもおぼえている

ある晩　ぼくはリュクサンブールの近くの
ある陰気くさい旅籠に泊った
広間の奥にキリストの十字架像が舞っていた
一人の男は白イタチを持ち
もう一人は針ネズミを持っていた
人々はトランプをやっていた
そしてきみはぼくを忘れてしまっていた

おぼえているか　細長い孤児院を　駅々を
ぼくらは通った　いくつもの都市を　一日じゅうまわりつづけ
夜には昼間の太陽をもどす街々だった
おお水夫たち　暗い感じの女たち　きみたちぼくの道連れよ
　　きみらはそれをおぼえているか

一度もはなればなれになったことのない水夫
話しあったことは一度もない二人の水夫

若いほうは死ぬとき横だおしに倒れた
　おおきみら親しい道連れよ
駅のベル　刈取機械の歌
肉屋のソリよ　聯隊をつくれるほどの多くの街よ
橋の騎兵隊　アルコールに青ざめた夜々よ
ぼくの見たどこの都市も狂女のように生きていた

おぼえているかきみは　郊外を　風景の嘆くがごとき群れたちを

糸杉は月光にその影を投げていた
夏の終りのその夜　ぼくは耳かたむけた
悩ましくいつまでもいらだたしい鳥の声と
暗く大きな河の永遠の流れる音に

そしてありとある眼差し　すべての眼のありとある眼差しが
死にかけて河口へと流れる音に
岸辺にはひと気なくひっそりと草が茂って
対岸の山はくっきりと見えた

そのとき　音もなく　生きたものは何一つ見えないのに
その山のそばを生き生きとした影法師が通った
横顔を見せたかと思うと　とつぜんとりとめのない顔をめぐらし
槍の影を前に突き出したりし

垂直な山の前なるその影は
大きくなったり　ときおり急に身をかがめたりした
それらひげのある影法師は人間みたいに泣いていた
くっきりみえる山の斜面を歩一歩とすべりながら

ところできみは　この古い写真に誰の姿をみとめるか
一匹の蜜蜂が火にとびこんだ日をきみはおぼえているだろうか
それは　思い出すか　夏の終りのことだった

一度もはなればなれになったことのない二人の水夫
年上のほうは首に鉄の鎖をつけられていた
若いほうはブロンドの髪を編んでいた

あけて下さい　泣きながら　ぼくの叩くこの扉を
人生はエウリポスの流れのように変りやすい

マリー

少女よ　きみはそこで踊っていた
やがておばあさんが踊るだろうか
はねまわるマクロット・ダンス
鐘がもうじき鳴り渡るだろう
マリーよ　一体いつ帰ってくるのか

仮面の人たちが黙っている
音楽はあんなに遠く
空の奥からやってくるようだ
そうだぼくはあなたを愛したい　けれどもそれはやっとのこと
してぼくの不幸は甘やかだ

羊は雲のなかに去って行く

羊の毛の房　銀の房
兵士が通りすぎ
どうして一つの心さえ所有できないのか
あの変りやすい変りやすい心　そしてぼくにはわからない

どうしてぼくが知ろう　おまえの髪がどこへ行ってしまうか
泡立つ海のようにちぢれた髪が
どうして知ろう　おまえの髪がどこへ行ってしまうか
ぼくたちの誓いがまきちらす
秋の葉のおまえの手が

ぼくはセーヌのほとりを歩いていた
古い一冊の本をかかえて
川はぼくの苦しみに似ている
流れ流れてつきることを知らない
週は一体　いつ終るのだろう

白い雪

天使たち　天空に天使たち
一人は士官の服を着け
一人は料理人《コック》の服を着て
ほかの天使は歌っている

空の色した美々しい士官くん
クリスマスもすぎて　だいぶたったら　やさしい春が
きみの胸を美しい日の光の勲章で飾るだろう
　美しい日の光の勲章で

料理人《コック》は鵞鳥の羽をむしって
　ああ！　雪が降る　雪が
それにしてもどうしてぼくは

ぼくの愛するひとを腕に抱けないんだろう

アンドレ・サルモンの結婚式で読まれた詩

一九〇九年七月十三日

今朝　いくつもの旗を見ながら　ぼくは思ったりはしなかった
あれは貧しい者たちが着飾ったのだと
デモクラシーが恥ずかしがってこのぼくにその苦しげな顔をかくそうとしているんだと
名誉ある自由が　今やまねるがいいと　人にすすめているなどと
木の葉のまね　おお植物の自由　おお地の上の唯一つの自由を
人々が出発して二度と帰るまいというので家並が燃えているんだとも
あの波立つ手が　明日ぼくらみんなのために働くだろうとも
生命《いのち》をどうつかうかを知らない者らが人々に吊るされたのだとも
バスチーユをまた占領し世界をもう一度新しくするのだとも
ぼくは知っている　ただ一人世界を変えるのは　詩にすがった者だけだということを
ぼくの友　アンドレ・サルモンが結婚するので　みんなはパリを小旗で飾ったのだ

ぼくらは出逢った　呪われた穴倉で
ぼくらの若かったとき
二人とも煙草をくゆらせ貧しい身なりで明け方を待ち
同じおしゃべりに夢中になり　その意味はやがて変る運命《さだめ》にあり
まるで子供で　だまされだまされ　まだ笑いの何たるかを知らず
テーブルと二つのグラスが瀕死の人さながら　ぼくらにオルフェの最後の視線を投げ
グラスは落ちた　くだけた
そしてぼくらは笑うことをおぼえた
こうしてぼくらは喪失の巡礼に出かけ
街をこえ国々をこえ理性をふみこえ
睡蓮のあいだになおも白く浮ぶ
あのオフェリアのただよう河のほとりで彼とまた逢った
彼は立ち去った　青白いハムレットどものただなかを
フルートで狂気の歌を奏でながら
ぼくはまた　臨終のロシア農奴のかたわらで至福の言葉をあたえている彼と出逢った
ぼくのほうは　裸の女たちに似た雪にみとれながら
ぼくはまた彼に出逢った　子供たちの顔を別人のようにする　あのかつてのおしゃべりに敬意を表して

彼はあれこれと話し　ぼくは今こうして一切を話すのだ
行く末こし方を　なぜならぼくの友　アンドレ・サルモンが結婚するからだ

興をつくそう　それはぼくらの友情が　ぼくらをゆたかにする河となったためではない
そのゆたかなみのりが　万人ののぞむ糧を生む　川べりの土地となって
ぼくらのグラスが　もう一度　死に行くオルフェの視線をぼくらに向けて投げるから
　ではない
ぼくらの眼と星が　まったくまざりあって　一つになるほどぼくらが巨きくなったか
らではない
あの数多の旗が　市民たちの窓にパタパタと鳴るためでもない　市民たちは百年来
守るべき生活と　わずかな物を持っていることに満足している
詩にすがるぼくらが　世界を形づくり　またこわす言葉を所有したためではない
ぼくらが　滑稽でなく　泣くことができるからでも　ぼくらが笑うことができるから
　でもない
ぼくらが昔と同じように　煙草をすい　酒を飲むからでもない
興をつくそう　火と詩を統べるもの
光と同じように　惑星と恒星のあいだの固い空間のすべてをみたす愛
愛が今日　わが友　アンドレ・サルモンの結婚するのをのぞむからだ

わかれ

ぼくは摘んだ　あのヒースの新芽を
おぼえていておくれ　秋が死んだのを
もはやこの地の上で相見ることはないだろう
時の匂いよ　ヒースの新芽よ
おぼえていておくれ　ぼくがきみを待っているのを

門

ホテルの門がおそろしげに微笑んでいる
ぼくはどうすることができるでしょう　ああ　お母さん
人につかわれてそのために何もかも台なしになっても
ピミュスよ　悲しみの淵を行く番《つがい》の魚たちよ
きのう朝　マルセイユに陸揚げされた新鮮な天使《かすざめ》たち
ぼくははるか一つの歌が　何の値打ちもない
このぼくのようにあわれにも死にまた死ぬのを聞くのだ
子よ　私はおまえを育ててきた　働きなさい

ランダー街の移民

アンドレ・ビィーに

王室御用のたいへんシックなテーラーに
帽子を片手に彼は右足から入った
テーラーは首をいくつか斬ったばかりだ
服を着た人体模型《マヌカン》の首を　というのも人が着なけりゃならないからだ

群衆はあらゆる方角に動きまわっていた
地の上を曳く　愛のない影をまじえながら
いくつもの手がときおり白い小鳥たちのように
光の湖でいっぱいな空のほうへ飛び立っていた

　わたしの船は明日アメリカに向けて発つだろう
　　そしてわたしは二度と戻らないだろう

好きだったこの街々に　リリカルな平原で稼いだお金を懐にして
眼の見えない自分の影の手をとりながら

帰るのはインドの兵隊になら結構なこと
わたしの純金の勲章は相場師どもに売られてしまったのだから
そうなのだ　わたしは新しい服を着て眠りたい
物言わぬ小鳥と猿でたわわな木の下で

彼のために人体模型《マヌカン》たちは服をぬぎ
埃をはたいて　それから彼に着せてみる
支払い前に死んだ貴族の洋服のおかげで
安値で　彼は百万長者の身なりができた

　表ではいくつもの年月が
　飾り窓《ウィンドー》を眺め
　犠牲にされた人体模型《マヌカン》を眺め
　鎖でつながれて過ぎて行った

それも一年のうちに数えられる　うつろな日々のことだ
血まみれの　のろのろした埋葬の
泣いている空に蔽われた白と黒ずくめの金曜日だった
悪魔の妻は自分の情夫をなぐりつけ

それから落葉のさまよう　とある秋の港で
群衆の手もそこここに舞い散ったが
船の甲板に　彼はトランクを置き
　腰を下ろした

大西洋の風は　脅やかすように吹いて
彼の髪に　長いしめった口づけを残した
移民たちは港のほうへ疲れた腕をさしのべ
あるものは泣きながら　ひざまずいていた

彼は長いこと死んだ岸辺をみつめていた
水平線にはちっぽけな舟だけがふるえ
小さな花束が　あてもなくただよい

大洋を果てもない開花で蔽った

彼はのぞんでいたことだろう　この花束が至福のごとく
もっと別の海で　イルカにまじってたわむれることを
　そして彼の記憶のなかでは
彼の身の上を物語る
　果てのないつづれ織りが織られていた

　だが彼は古いイタリアの総督のように
夫のない当世風の人魚《シレーヌ》と結婚した
　たえまなく問いを発してやまない織姫たちを
しらみに変えて溺れさせようと

ふくらむがよい　夜に向かって　おお海よ　鮫たちの眼は
明け方まで　遠くからどんらんに
波のざわめきと　あのいくつもの最後の誓いのあいだなる
星々に蝕ばまれた日の光の亡骸を見張ったのだ

ローズモンド

アンドレ・ドランに

アムステルダムで　たっぷり二時間
あとをつけたさるご婦人の
入って行った家の玄関下で
長いあいだ
ぼくは指で接吻を投げていたっけ

でも運河にはひと気がなかった
河岸も同様だった　だから誰一人見なかった
どのようにしてぼくの接吻が取り戻したかを
ある日二時間もこえるあいだ
ぼくが生命《いのち》をささげたその婦人《ひと》を

ぼくは彼女に　ローズモンドと異名をつけた
オランダに咲くその唇を
思い出すことができればと
それからゆっくりとぼくは立ち去った
世界の薔薇《ローズ・デュ・モンド》を　探そうと

ライン河の夜

わが盃は炎のごとくゆらめく酒にみたされ
聞こう　調べゆるやかな水夫の歌を
月しろのもと足までもとどく緑の髪を編む
七人の女《おみな》を見たと物語る　水夫の歌を

立ちてロンドを踊りつつひときわ高く歌え
あの水夫の歌のはや聞えぬほどに
して毅然とした眼差し　黄金《きん》の髪しなやかに編んだ
あの娘たちのすべてをわがもとに寄らしめよ

ライン　ラインは葡萄酒の影をうつして酔い
夜ごとの星々の金色はふるえながら降り水面《みなも》に照り映え
あの声は臨終《いまわ》のあえぎさながら歌いつづける

夏に呪文をかけるあの緑の髪した妖精たちを
わが盃は哄笑のごと砕け散りぬ

（「ライン詩篇」のうち）

ローレライ

ジャン・セーヴに

バカラッハというところにブロンドの魔女がいて
ありとある男たちを次々に焦がれ死にさせた

えらい坊さまが裁こうと呼び出してみたが
あまり美しいのではじめから許してしまわれた

おお　宝石をちりばめた眼をしたローレライ
おまえはどんな魔術師から魔法を習ったのか

わたしは生きるのがいやになりました　お坊さま　わたしの眼は呪われています
わたしを見つめた男たちはそのため滅びてしまったのです

わたしの眼は炎です　宝石ではありません
投げ入れて　投げ入れて下さい　こんな魔法は炎のなかに

おお　美しいローレライ　わしはその火で燃えあがる
誰かにおまえを裁かせよう　わしはおまえの魔法にかかった

お坊さま　あなたは笑っていらっしゃる　聖母マリアに祈って下さい
それからわたしを死なせて下さい　神の御加護はあなたの上に

わたしのいい人は遠くへ行った
どうか死なせて下さいませ　愛するものがいないのですから

心が痛んでなりません　死ぬよりほかはないのです
自分の姿を見たとしたなら　ただそれだけで死なねばならぬ

心が痛んでなりません　あの人がここにいなくなってから
心が痛くてなりません　あの人が去ったその日から

坊さまは槍を手にした三人の騎士を呼び寄せた
この狂った女を尼寺へ連れて行け

行くがいい　狂ったローレ　行くがいい　わななく眼をしたローレよ
おまえは黒と白の衣裳をつけた尼僧になるのだ

それから彼らは四人して街道へと去った
ローレライは騎士たちに嘆願し　その眼は星のようにかがやいた

騎士たちよ　わたしをあの高い岩の上にのぼらせてほしいのです
もう一度だけわたしの美しいお城を見るために

もう一度だけ　河に水鏡をするために
そうしたら生娘と後家さんばかりの尼寺へも参りましょう

高みに立つと風は彼女のほどけた髪をまきあげた
騎士たちはローレライ　ローレライと呼びあげた

あそこ　ラインの河に　一隻の小舟がやってくる
わたしのいい人がそこにいて　わたしを見た　わたしを呼んでいる
心がすっかりやさしくなりました　だってわたしのいい人が来てくれましたもの
そこで彼女は身をのり出して　ラインの流れに落ちて行く

美しいローレライは水に見た
ラインの流れの色のわが瞳　陽の色をした　わが髪を

（「ライン詩篇」のうち）

婚約

ピカソに

春はいつわりの誓い立てた婚約者らをさまよわせ
青い鳥の巣くう糸杉がふり落とす
青い羽毛を　いつまでももてあそばさせる

夜明けに一人の聖母が野バラの花を摘んだ
彼女は明日ニオイアラセイトウを摘むだろう
今夜は慰め主《パラクレ》にそっくりだった山鳩に
だがほんとうは純潔な鳩の巣を飾るため

レモンの小さな林で　かつて女らしい最後の女たちが
恋に恋した　ぼくらの好きな恋に
遠くの村は彼女らの瞼のようで

レモンのあいだに彼女らの心臓が吊り下っている

＊

ぼくの友だちたちはとうとうぼくに軽蔑をしめした
ぼくは盃になみなみと星を飲んだ
ぼくの眠っている間に　一人の天使が
仔羊とわびしい羊小屋の牧人を追いはらった
贋の百人隊長どもが酢をもちこみ
乞食どもは　ホルト草もものかはと踊っていた
めざめの星とは　その一つさえぼくは知らないが
ガス燈は月の光に炎のしょうべんをしていた
ジョッキを手にして葬儀人夫どもは弔鐘をうち鳴らし
ローソクのあかりにともかくもとび散ったのは
埃りだらけのスカートの波間のビール《フー・コル》の泡だ
仮面をつけた産婦たちがお産を祝って
都会は今夜は多島の海だ
暗い暗い河　ぼくは思い出す

かつて通りすぎる影の美しいことはなかったと

*

ぼくははや自分をあわれむことさえしない
しかも自分の沈黙の責苦を表現することもできない
ぼくの言うべきだった一切の言葉は星になってしまった
一人のイカルスがぼくの眼のそれぞれの高さまでのぼろうとする
太陽の運搬人ぼくは二つの星雲の中心で燃えている
知性もつ神獣にぼくは何をしたのか
かつて死者たちはぼくを崇めに戻ってき
ぼくは世界の終りをねがっていた
だが今　ぼくの終りがハリケーンのように唸りながらやってくる

*

ぼくは背後を見る勇気はもってきた
わが日々の屍体は

わが道程をしるして　いたましい
ある日々はイタリアの教会に腐り
また四季を通じて　同時に花ひらき
実をむすぶ
レモンの小さな林のなかに腐る
他の日々は居酒屋の隅で滅びるまえに泣いたのだ
そこでは火のような花束が
詩をつくり出した一人の黒白の混血女の眼のなかでまわっていた
そして今も電飾のバラが花ひらく
ぼくの記憶の庭のなかで

＊

ぼくの無智を許して下さい
古い詩の芸をもはや知らないぼくを許して下さい
ぼくははや何も知らない　ただ愛するだけです
花々はぼくの眼にまた炎となる
ぼくは神力によって思いを凝らす

ぼくはぼくの創らなかった存在を嘲笑する
そうしてぼくの愛のさまざまなかたちが実現し
もしもついに影が固まって遍在する時が来るとするなら
ぼくはぼくの作品を嘲笑してやるのですが

＊

ぼくは日曜日の休息を観察し
怠惰を賞讃します
どのようにしてどのようにして
ぼくの感覚がおのれに課する
かぎりなくちっぽけな知識を切り落すか
ある感覚は山並に　天空に
都会に　ぼくの恋に似ている
それは四季そっくりだ
それは首を斬られて生きている　その頭は太陽です
そして月はその切られた首です
ぼくは無限の暑さを感じたい

ぼくの聴覚の怪物よ　おまえは吼え　そして泣く
雷はおまえの髪となり
おまえの爪は　小鳥の歌をくりかえす
ぞっとする触覚はぼくをさしつらぬいた
ぼくを毒しているぼくの眼は　ぼくをはなれて泳ぐのだ
あの無垢の星晨こそ試験ぬきのぼくの教師
糞のけものは花の頭をもち
月桂樹の香りをもつ
もっとも美しい怪物は悲嘆にくれる

*

ようやくぼくは嘘をおそれない
目玉焼のように焼けているのは月だ
あの水滴の首飾りは溺れた女を飾るのだ
ここにぼくの受難節の花束があり
やさしく二つの茨の冠をさし出すのだ
街路は今しがたの雨に濡れ

勤勉な天使らは　ぼくのために家で働く
月と悲しみは姿をかくすだろう
聖なる一日のあいだ
聖なる一日　ぼくは歌いつつ歩いた
窓にもたれて一人の婦人が
歌いながら遠ざかって行くぼくを長い間見つめた

ある街の曲り角でぼくは水夫らを見た
彼らは襟をはだけてアコーデオンにあわせて踊っていた
ぼくは太陽に一切をあたえた
ぼくの影のほかは何もかも

浚渫船と　行商の荷と　消えかけた霧笛
霧の水平線に三本マストが沈んで行った
風は息を吐いた　イソギンチャクの冠をいただき
おお　聖母よ　第三月の純潔のしるし

＊

燃えあがる聖堂騎士たち　ぼくも燃える　あなたがたのなかで
いっしょに予言をしよう　おお偉大な師よ　ぼくは今
あなたに献身しようがため　のぞましい火となる
火花はまわる　おお美しい　おお美しい夜よ

のびやかな炎によってたち切られる絆よ　ぼくの息が
やがて消すはげしい熱よ　おお　四十里はなれた死者たち
ぼくは自分の死で　栄光と不幸を透かして見る
まるで標的の小鳥をねらうように

不確かなるもの　いつわりの多彩の鳥よ　おまえが地に落ちたとき
太陽と愛は村のなかで踊っていた
そしてきみの優美な子供たちは　着飾ったのも着飾っていないのも
あの火刑台　ぼくの勇気の塒を築いたのだ

一九〇九年

その婦人は長衣《ローブ》をもっていた
すみれ色のオットマン絹織
金糸の刺繡のチュニックは
二つの布でできていて
それが肩で結びつけられていた

天使のように踊る眼で
彼女は笑っていた　笑っていた
彼女はフランスの色の顔をしていた
眼はブルー　歯は白く　唇は赤く
フランスの色の顔をしていた

襟ぐりは円かった

レカミエ風の髪だった
美しい腕はあらわになっていた

夜の十二時に気がつくものは誰もない

すみれ色のオットマン絹織の長衣《ローブ》の婦人は
金糸の刺繍のチュニックをつけ
襟ぐりは円く
耳飾りと
金色の鉢巻を見せつけて
金具のついた小さな靴を曳いていた

彼女はあまりに美しかったから
きみにも　愛する勇気は持てなかったのだ
ぼくは愛していた　ひどい界隈のものすごい女たちを
そこでは毎日誰か新顔が生まれていた
彼女らの血は鉄で　頭のなかは火事だった
ことに手早い女たちをぼくはこよなく愛していた

豪奢や美なんてその前では泡でしかない
その女はあまりに美しく
おじけがついたほどだった

ラ・サンテ監獄で

I

独房に入るまえに
裸にならねばならなかった
いまわしい声が泣き叫ぶのだ
ギヨーム　おまえはどうしたのだと

ラザロがしたように
墓から出るかわりになかに入って行く
さらば　さらば　歌う輪舞《ロンド》よ
ああ　過ぎた年月　ああ　少女たち

Ⅱ

ここでは　はや
　ぼくはあのぼくではない
ぼくは十一班の
　十五号

日の光がしみこんでくる
　窓ガラスをとおして
その光は　ぼくの詩句の上に
　道化師を浮かびあがらす

紙の上で光は踊り
　ぼくは耳を傾ける
誰かが足で
　円天井を叩いているのに

Ⅲ

穴のなかを熊のように
毎朝ぼくは歩きまわる
おまわりおまわり　おまわり　永遠に
空は青い　鎖のように
穴のなかを熊のように
毎朝　ぼくは歩きまわる

Ⅳ

むき出しの蒼ざめた色の壁のあいだで
　何というやな気持だろう
一匹の蠅が紙の上を小きざみな足で
　ぼくの不揃いな詩行を渡って歩く

ぼくはどうなるのだろう　ああ　ぼくの苦しみを知る神よ
　その苦しみをあたえたのもあなただ
あわれんで下さい　涙も出ないぼくの眼と蒼ざめた顔を
　鎖につながれたぼくの椅子のきしみを

またこの牢獄のなかで搏っている大勢のかわいそうな心を
　ぼくにどこまでもついてくる恋心を
あわれんで下さい　なかでもぼくのひよわな理性と
　それを凌駕するこの絶望とを

V

何とゆるやかに時は過ぎるのだろう
まるで葬列の過ぎて行くようだ

やがておまえは嘆くだろう　おまえの泣いているこの時が
あまりに早く過ぎ去ってしまうのを
すべての時が過ぎるのと同じように

VI

街のざわめきにぼくは聴き入る
視界をもたない囚人のぼくには
敵意にみちた空しか見えない
そして牢獄のむき出しの壁

日の光が去ってしまうと牢獄のなかに
ランプが一つ燃える
ぼくらは独房のなかで孤独だ
美しい光よ　きみ理性よ

一九一一年九月

狩の角笛

ぼくらの物語は高貴にして悲惨だ
まるで暴君の面のようだ
どんな危うげで霊妙な悲劇も
どんなこまかな事の委細も
ぼくらの恋を感動的なものにしないのだ

こうしてトマス・ド・クィンシーは
甘く清らかな阿片の毒をのみながら
彼のアンを夢みつづけた
行こう　行こう　すべては過ぎ去るのだから
ぼくは何度も振り向くはずだが

思い出は狩の角笛

風のさなかで音消える

詩集『カリグラム』より

窓

赤から緑まであ りとある黄は死んだ
生まれた森に金剛インコの歌うとき
比翼の鳥の殺害
片翼しかないこの鳥について詩が作れる
電話便でそれを送ることにしよう
巨人的な外傷
それは眼を押し流す
トリノの若い娘のなかに一人のきれいな子がいる
あわれな若い男が白いネクタイで洟をかんだ
君がカーテンをあげてくれよ
と　ほら窓が開いている
その手で光線を織るときのクモ
美　蒼白さ　底知れぬ菫色

休息を求めても無駄だろう
真夜中にはじめよう
ひまさえあれば自由だ
たまきび　かわめんたい　無数の太陽と夕暮のウニ
窓のまえに黄色い靴の古びた一対
たくさんの塔
塔　それは街路である
たくさんの井戸
井戸　それは広場である
井戸
放浪の風鳥草の蕾をかくす空ろな樹々
毛長羊は逃げ出した牝に向かって
せつない歌をうたう
鵞鳥はウァウァ　北方のトランペット
そのあたり洗い熊の猟師が
毛皮を剝ぐ
きらめくダイヤ
ヴァンクーヴァー

そこでは雪で白く夜の火に照らされた汽車が冬を逃れる
おおパリ
赤から緑までありとある黄は死んだ
パリ　ヴァンクーヴァー　イエール　マントノン　ニューヨーク　それからアンチル
　諸島
窓はオレンジのように開いている
光の美しい果実

月曜日クリスチーヌ街

門番のおかみさんとそのおっ母さんは誰でも通してくれるだろう
きみが男なら　今晩おれについて来いよ
一人が表門を見張っていれば
もう一人があがって行くのはわけはないよ

ガス燈が三つともった
おかみさんは胸の病いだ
きみが終ったらスゴロクでもすることにしよう
あれはオーケストラの指揮者で喉をいためているんだ
チュニスに来るならきみにキフを吸わせよう

こいつは韻を踏んでるみたいだ

積み重ねられた受け皿　花と　暦が一つ
ペンパンペン
大家に三百フランほどの借りがある
そいつを払うくらいならおれのをほんとに切ったほうがましさ

おれは二十時二十七分ので発つ
六枚の鏡があそこで穴のあくほど見つめあっている
思うにぼくらはなおいっそうまごつくことになるだろう
親愛なるあなた
あなたはパン屑みたいな大将だ
あのご婦人の鼻はサナダムシみたいだ
ルイーズは毛皮を忘れちまった
このおれは毛皮を持ってないが寒くもない
あのデンマーク人は時間を調べながら煙草をすっている

黒猫がビヤホールを横ぎる

あのパンケーキはすてきだった
水飲み場の水が流れ
やつの爪のようにドレスは黒かった
それはまったくできない相談だ
旦那これですよ
孔雀石の指輪で
地面がおがくずだらけだ
じゃそれはほんとうなのかね
赤毛のウェイトレスが本屋にさらわれたって

どこかでぼんやり会ったような新聞記者だ

ねえジャック　実はまじめな話があるんだが

貨客混合の船会社だ

彼がおれに向かって　ムッシュー　油絵《あぶらえ》でも銅版画で私の作品を見て下さいますかと
　言うんだ
小さな女中が一人いるだけだ

リュクサンブールのキャフェで昼食後に

いつかそこで彼は一人のふとったお人好しを紹介してね
その男が言ったのだ
それが実にすてきでしてな
スミルナでも　ナポリでも　チュニジアでも
だがちくしょう　そいつはどこなのだ

おれがシナにいた最後のとき
八　九年まえのことなんだが
柱時計が鳴るたびに何度もつきがきて
カードが五枚そろったものだ

演習

後方の村のほうへと
四人の砲兵が帰って行った
頭から　足のさきまで
すっかり埃をかぶっていた

彼らは眺めた　広い野原を
昔のことを互いにしゃべって
そしてやっとのことふり向くと
砲弾が一発　咳ばらいした

四人とも一九一七年度兵
未来のことじゃなく昔のことを語りあった
こうして彼らに死の訓練をする

苦行はながくつづいたのだ

恋の歌

恋のシンフォニックな歌をつくるもの
昔の恋の歌がある
名高い恋人たちの狂乱の接吻《ベーゼ》の音
神々に犯された女たちの恋の叫び
高射砲のように立てられた神話の英雄たちの一物
イアソンの貴重な吠え声
白鳥の死の歌
お日さまの最初の光が　不動なるメムノーンに歌わせたる勝利の頌め歌
さらわれたサビナ女の叫びがある
ジャングルの猫どもの恋の鳴き声もまたある
熱帯植物にたちのぼる樹液のにぶいざわめき
民衆の怖るべき愛を完成させる大砲の轟き
生命と美のそこに生れ出ずる海の波たち

すべての歌　世界の恋がある

美しい赤毛の女

さて　ぼくはどうやら誰のまえでも常識そなえた一人の男だ
生を知り　死についても生者が知り得るかぎりを知り
恋の悩みも歓びも味わって
時にはその考えも押しとおすこともでき
数ヶ国語を知り
かなり旅行もしたほうで
砲兵隊と歩兵隊で戦争も見
頭部に負傷し　クロロホルムで穿顱《せんろ》術を受け
最上の友をおそるべき戦闘に失い
古いものと新しいものの二つについて一人の人間が知り得るかぎりを知り
今日この戦争についてはさして心配もせず
友よ　われらだけで　われらのために
伝統と革新のこの長い争いに判決を下してみる

「秩序」と「冒険」との争いに

神の口をかたどった口を
秩序そのものである口をもつ諸君
寛大であってほしいのだ　諸君がわれわれを比較するとき
完璧な秩序であった人々と
到る所冒険を求めるぼくらをだ

ぼくらは諸君の敵ではない
ぼくらは諸君に広大で異様な領域をあげたいのだ
そこでは花開く神秘が摘もうとする誰にもあたえられるのだ
そこにはかつて見なかった色彩の更に新しい火がある
実現してやらねばならぬ
量ることのできない千の幻想がある
ぼくらは善を　ものみなが沈黙する広大な領域を開発したい
そこにはまた追い立てることもひき戻すことも可能な時間がある
ぼくらに同情してほしい　無限と未来の国境で
たえず闘っているぼくらに

同情してほしい　ぼくらの誤謬にぼくらの罪に

ほら激しい季節　夏がやってきた
春のようにぼくの青春も死んだ
おお太陽よ　今こそ熱い理性の時だ
　ぼくは待っている
いつでもそれを追うために　ただそれだけを愛せるように
理性が高貴で優しいかたちを帯びるのを
それはやってきてぼくをひきつける　磁石が鉄をひくように
　それは魅惑的な姿をしている
　すてきな赤毛の女のように

彼女の髪は金色で
消えない美しい稲妻さながら
それも凋《しお》れるティーローズのうちに
孔雀のように華やぐ炎のよう

だが　笑ってくれ　笑ってくれ　このぼくを

到る所の人々　とりわけここの人々よ
なぜなら諸君に言い難い多くのことがあるのだから
諸君がぼくに言わせない多くのことがあるのだから
ぼくを憫《あわ》れんでくれたまえ

その他の詩

映画に行くまえ

さて今晩は映画に
行こう

芸術家とは一体何でしょう
それはもはや芸術を修める人ではありません
大文字の芸術を研究する人々ではありません
詩学や　それとも音楽を
芸術家とは　俳優であり女優です

もしわれらが芸術家なら
シネマとは言わないでしょう
われらはシネ　と言うでしょう
だがもしわれらが田舎の老いたる先生ならば

シネともシネマとも言わないでしょう
シネマトグラフと言うでしょう
だからああ　流儀をもたねばいけません

（イリヤ）

一篇の詩

彼は入った
彼は坐った
彼は赤い髪の発熱物を見ようともしなかった
マッチが燃えて
彼は出掛けた

（イリヤ）

税関吏《ドウアニエ》の思い出

天使の肩に
一羽のちっちゃな小鳥
彼らはやさしいルッソーの
ほめうたをうたう

世はうつり
思い出は行ってしまう
波の上の船のように
胸の底の悔恨

やさしいルッソー
きみはきみのほめうたの
あの天使だ

そしてあの小鳥だ

彼らは手をとりあい　いっしょに悲しんでいた
彼らの墓の上　同じ花がふるえ
きみは正しい　彼女は美しい
だがぼくには彼女を愛する権利がない
ぼくはここにとどまらねばならない
人々が真珠であんなにもきれいな死者のための冠をつくっているところに
ぼくはきみにそいつを見せなくちゃならない

男たちをみんな狂わす
美しいアメリカ女は
二三週間たったら
ギリシャの島に向けて発つだろう

ぼくは山路をまわる
狂った灯台
ぼくの美しい船は

行ってしまった

両方の脚の傷
きみはそのすすり泣く穴を見せてくれた
ぼくらがキナ入り葡萄酒をのんだとき
マルキーズ島の陽気通りのバーで
あるみどりにあふれる暖い朝のこと

水夫らが彼女を待っていて
水平線をじっと見つめている
そこには波の上　胴までのり出して
魚という魚が口をあけている

ぼくは山路をまわる
狂った灯台
ぼくの美しい船は
行ってしまった

恋がうちくだいた　きみの声のかけら
ネグロらの旋律　してぼくはきみを酔わせたのだった

男たちをみんな狂わす
美しいアメリカ女は
二三週間たったら
ギリシャの島に発つだろう

きみはゆっくりとした足どりでパリを横切る
薄紫のヴェールに微風　あっちじゃきみはママンなのか

ぼくは山路をまわる
狂った灯台
ぼくの美しい船は
行ってしまった

人の噂ではミシシッピーのほとりで
彼女は美しかったそう

だがパリのモードは
何と彼女をいっそう美しくしたことか
　ぼくは山路をまわる
　狂った灯台
　ぼくの美しい船は
　行ってしまった

彼はドアの側のベンチに彫った　ドーフィヌと
すばらしい二つの名前　クレマンスとジョゼフィーヌ
そして二本のバラの木が彼の魂に沿って這いのぼっていた
すばらしいトリオ
彼はパヴェ・デ・ギャルドでしょんべんくさい女の子に微笑みかけた
彼は子供たちのオーケストラを指揮
マドモワゼル　マドレーヌ
ああ！　マドモワゼル　マドレーヌ

ああ！

この界隈には
恋人のまだいない
甘くやさしい
ほかの娘っ子たちもいる

ぼくは山路をまわる
狂った灯台
ぼくの美しい船は
行ってしまった

（イリヤ）

（おまえのことを……）

おまえのことを思っている　ぼくのルゥよ　おまえの心臓はぼくの兵舎だ
ぼくの感覚はおまえの馬だ　おまえの記憶は　ぼくのウマゴヤシだ

空は今宵　サーベルと拍車でいっぱいだ
砲手らは重くて迅速な影のうちに立去る

だが　ぼくは身近かにいつもおまえの姿を見る
おまえの唇は　勇気ある燃える傷だ

ぼくらの軍楽は　夜闇のなか　おまえの声のようにはじける
ぼくが馬に乗っていると　おまえはすぐそばを速歩で行く

ぼくの七・五サンチ砲は　おまえのからだのように優美だ

そしておまえの髪は鹿毛色だ　北方にはじける砲弾の火のごとく

ぼくはおまえが好きだ　おまえの手とぼくの思い出は
いつもいつも幸せな軍楽を鳴らす
いくつもの太陽は順々にいななき出す
ぼくらはその上に星々の蹴りあげられる厩の仕切り木だ

（ルウへの詩Ⅳ）

ルウの花飾り

ぼくは煙草をふかしています　タラスコンで一杯のコーヒーをすすりながら
赤い外套のアルジェリア騎兵が　皇帝ホテルの側を通ります
ぼくを運んできた列車はぼくのノスタルジックな思い出のすべてをもって　きみに花飾りをつけていたのです

そしてこんなにもバラ色のバラはきみの胸に花咲いている
これは美しい朝の朝焼けのようにたのしげなぼくの欲望です

水溜りがぼくの心のように波立っています
列車はその行程を走り終えると一二〇サンチの砲弾の音とともに遠ざかって行きました
そして眼を閉じてぼくはきみの血管のヘリオトロープの香りを吸いこんでいました
大理石でいっぱいの庭であるきみの二つの脚の上で

ヘリオトロープよ　おお十字架にかけられたベルギーの女の吐息

それからきみの眼をめぐらしてほしい　あんなにもやさしいあの木犀草を
それはぼくの眼が聞きわける一つの芳香を発するのです
辱しめられた聖女らのつよいはずかしい匂いです
そこに血の流れる七つの土地の

きみの手をあげて下さい　きみの手を　ぼくの誇りであるあの百合を
その花冠のなかに一切の純ならざるものも純化されます
おお　百合　おお　北方に崩れる伽藍の鐘よ
死を告げ鳴らす　鐘楼の鐘の音
百合の花　フランスの花　おおぼくの恋人の双の手を
あなたがたは日の光のあかるさで花ひらくのです
きみの足　きみの金の足　ミモザの茂み
道のはずれのランプ　兵士たちの疲労
――やあ　ぼくだ　あけてくれ　とうとう帰ってきたぞ
――あなたなの　坐ってよ　影と悲しみのあいだに
――ぼくは泥まみれで悲しくてふるえている　ぼくは花のように蒼く金色の

　きみの足のことを思っていた
——さわってもいいわ　死んだ誰かのようにつめたいわ

きみの髪毛のリラの花は　春を告げます
それは　瀕死の者らがあげる　悲鳴とすすり泣きです
風はぼくらの接吻のように甘く吹き渡っています
春は戻ってくるでしょう　リラの季節は過ぎて行きます

きみの声　きみの声は　オランダ水仙
きみの声は生命を酔わせます　おお声　おお　いとしい声
言いつけて下さい　言いつけて下さい　時間に向かって　もっと早くたつようにと
きみの肉体の花束は　時間の幸福
そして希望の花々はきみの時間に花飾りをつけます
苦しみもきみの側を通ることによって変貌します

——崩れる火焔　死者たち　冬の婦人帽　血汗症——
すばらしいバラの咲く一つの芽のなかに

タラスコン　一九一五年一月二十四日　（ルウへの詩XI）

四十雀《がら》

兵士たちはゆっくりと去って行く
夜闇のなかに　街のざわめき
ぼくの恋する心臓が搏っているのを聞いておくれ
この心臓は千万の心臓と同じだ
なぜならぼくは夢中できみを愛するからだ

ぼくは夢中できみを愛している　いとしいものよ
ぼくは生きてる感覚を失くした
ぼくはもはや光を知らない
なぜなら恋はぼくの欲望
ぼくの太陽　そしてぼくの生命のすべてだからだ
ぼくの心臓が搏っているのを聞け

その砲兵の一連隊
進め　ぼくの砲兵の心臓は
きみのためにおのれを射ち出す位置につく
心臓の搏つのを聞け　わが妹よ

わが妹よ　ぼくはきみのすべてをわがものとした
きみはぼくのもの　ぼくはきみのもの
ぼくらはいっしょに目的地に向かう
それを聞けば心のなぐさむ話を
何でもいいからぼくにしておくれ

一台の電車が大急ぎで下りてくる
夜闇を　ガラスの夜闇を突破して
どこへ行く　ぼくの隊伍を組んだ心臓よ

きみの美しい眼は　ぼくにその光をおくる
ぼくの恋する心臓が搏つのを聞け

今日　一羽の四十雀が来た
ぼくの馬の側をとびまわりに
あれは多分　小さな天使だった
ぼくがふしぎな夢に描いた
きれいな谷に逃れてきたのだ

その小鳥の眼　それはきみのきれいな眼だった
その羽は　きみの髪の毛
その歌はぼくの眼にささやかれた
ぼくらが二人きりでいるときの
ふしぎな言葉

谷間でぼくはすっかり蒼ざめていた
あんなところまで馬で行ったので
風が長い詩を一つ叫んでいた
日の光に向かって　そのかがやきのなかで
美しい小鳥にぼくは言った　ぼくはきみを愛していると！

一九一五年二月二日　（ルウへの詩XIII）

きみが頽廃について語ったので……

きみは昨日の手紙で頽廃についてぼくに語った
頽廃は崇高な恋には混じらない
それは大海のなかの砂の一粒にすぎない
ただ一粒の　青緑色の深淵に落ちて行く砂

ぼくらは想像の翼をはばたかせることができる
この世の残骸の上にぼくらの感覚を踊らすことが
激昂するまでに　苛立つことも
あるいはぼくら二人の肉体が汚れた泥にまみれることも

してお互いに比ぶものない抱擁にむすばれ
死とその宿命に立ち向かうこともぼくらにできる
二人の歯がふいにきしんで鳴るときに

ぼくらは朝と呼ばれるものを夕暮れと呼ぶこともあり得るのだ

きみはぼくの荒々しい意志を神の列に加えることができ
ぼくは祭壇に向かうようにひれ伏すこともできる
ぼくの怒りが血まみれにするきみのお尻のその前に
ぼくらの恋は　美しい空のように純なものであるだろう

ひらかれた口が息切れして　物言わぬともかまわない
それは砲架から下ろされた二台の大砲のようなもの
あまりに愛しあうことに疲れて　ぼくらの肉体は力を失っている
ぼくらの恋は永遠に　かつてあったままでつづくだろう

ぼくらの心　想像の翼を高く貴いものにしよう
あわれな人間性は非常にしばしばそうは行かない
いずれにせよ　頽廃は一個の錯覚にすぎない
それは卑しい心しか曲げることはないのだ

一九一五年二月三日　（ルゥへの詩XIV）

きみのからだの九つの扉

この詩はきみマドレーヌひとりにあてたもの
これはわれらの欲望の最初の詩の一つ
これはわれらの最初の秘密の詩なのだ　おお　愛するきみよ
日は温暖で　戦争はこんなにもあまやかだ　たとえ死ななければならないとしても

きみは知らない　わが処女なるひとよ　きみのからだに九つの扉があることを
ぼくはその七つを知っているが　二つはまだ秘められたままだ
ぼくはその四つをぬすみ　そこに入った　そして出ようとは思わない
なぜならぼくはきみのきらめく眼からきみのなかに入ったのだから
きみの耳から入ったのだから　ぼくの発する言葉　ぼくのお供である言葉によって

わが恋人の右の眼　それはわが恋人の第一の扉
それは瞼という垂幕を下げていた
きみのまつげはその前に整列して　ギリシャの壺に描かれた黒い兵士たちのように
ビロードの重い垂幕　瞼は
きみの明るい視線をかくしていた
それは重かった
ちょうどわれらの恋のように

わが恋人の左の眼　それはわが恋人の第二の扉
彼女の仲間に似た扉　わが恋人と同じように貞潔で　恋心のため重い扉
おお　きみの心に　ぼくの夢とぼくの微笑みを誘う扉
ぼくの微笑は　熱愛するきみの眼にそっくりな星のようにかがやき
きみの視線の二重の扉よ　ぼくはきみを熱愛する
わが恋人の右の耳　それは第三の扉
ぼくが二つの最初の扉を完全にひらくことができたのは　きみを　きみの心をとらえ
　てからだった
耳　それはきみを口説いたぼくの声にとっての扉

ぼくはきみを愛する　想像の力をかりてきみは心象に匂いをあたえた

そしてきみもまた左の耳よ　わが恋人の第四の扉であるきみよ
おお　きみら　わが恋人の耳よ　ぼくはきみらを祝福する
扉はぼくの声にひらいた
バラの花が　春の愛撫にひらくように
ぼくの声　ぼくの命令はきみらを通って
はじめてマドレーヌのからだ全体に入りこむ
ぼくは入りこむ　男としての一切を　詩の一切をあげて入る
きみのからだの描く欲望の詩のゆえに　ぼくもまた自分を愛してしまうのだ

わが恋人の左の鼻孔　それはわが恋人とわれらの欲望の第五の扉
ぼくはそこから　いつかわが恋人のからだのなかに入りたい
ぼくはそこに入りこむはず　ぼくの男の匂いとともにこまやかに
わが欲望の匂い
男らしいぴりりとした香りはマドレーヌを酔わせるだろう

右の鼻孔　わが恋人とわれらの悦楽の第六の扉
きみは嗅ぐだろう　きみの隣なるもう一つの鼻孔のよう　わが快楽の匂いを
そしてわれらの匂いは混じりあう　花にみちた春よりもつよく　さらにえも言えず
鼻の孔の二つの扉　ぼくはきみを熱愛する　きみは約束する　数多のこまやかな快楽を
口腹の欲と喫煙の香りの術におぼえた快楽を

マドレーヌの唇　わが恋人の第七の扉
ぼくはきみらを見た　おお赤い扉　わが欲望の淵よ
してそこに立っている兵士たち　恋に夢中な男たちはぼくに向かって叫んだ
　われらは降参すると
おお　赤くやわらかな扉よ
おお　マドレーヌ　なおもぼくの知らない
二つの扉がある
きみのからだの二つの扉
神秘の扉

比類なく美しい　わが恋人の第八の扉
苦しんでいるフランドルの　液体みたいな月光のもとの鉄条網　そこをさまよう盲目
　の兵士たちさながらぼくは無智だ
というよりもむしろ処女林で　飢えと渇きと恋に死ぬ探検家のよう
処女林は暗黒神《エレボス》よりも暗く
ゼウスのドドーヌの森よりも神聖だ
誰一人　このカスタリアの泉よりも冷たい水源を知るものはない
だがわが恋人は　そこに一つの寺院を見出すはずだ
ぼくは　無垢の　魅力ある怪物が　夜警に立っているその寺院の前庭を血まみれにし
　てから
世界中でいちばん熱い間歇噴泉をそこに掘り湯をほとばしらせるはずだ
おお　わが恋人　ぼくのマドレーヌよ
ぼくはすでにこの第八の扉の主人だ

そしてきみ　なおも神秘の第九の扉よ

きみは二つの真珠の山のあいだにひらく
他の扉よりなおいっそうきみは神秘的
これまで語られることのなかった魔法の扉
きみもまたぼくのものだ
至高の扉
きみもまた　九つの扉の
至高の鍵をもつ
ぼくのものだ

おお　扉たちよ　ぼくの声ひとつでひらくがよい
　ぼくは鍵をもつ主人なのだ

（マドレーヌへの詩）

第二の秘詩

今夜はまれに何発かの炸裂音が聞えるだけの静かな良夜です
ぼくはきみのこと　ぼくの豹のことを思っています　豹なんだ　きみはぼくにとって
　唯一の生気あるものなのだから
豹《パンテール》と言ったが　いや　女の姿をした牧神《パン》なのだ
きみは女の姿をした生きた宇宙だ　ということは世界の優雅と美の一切なのだ
きみはそれ以上だ　というのもきみは　優雅と美の規範にのっとったすばらしい宇宙
　世界そのものなのだ
わが恋人はそれ以上だ　というのもこの優雅この美を世界が手にするのはきみの手か
　らであるからだ
おお　わが愛する女神　いとしくてまた馴らしがたい宇宙の智慧はぼくのものだ　わ
　が恋人がぼくのものであるように
してきみの魂はきみのからだの美しさの一切をそなえている　というのも　きみの魂
　の美しさが直接ぼくの手にとどくのは　きみのからだを介してなのだ

きみの顔はその一切を要約している　ぼくは他の部分を　一つ一つ　つねに新鮮なる
　ものとして想像する
こうしてそれらはつねに新鮮で　つねにつねに　なお美しいものとしてあるはずだ
きみの髪はたとえ黒くとも　矢となってひろがる光明だ　それはあまりに光りかがや
　くので　ぼくの眼は受けとめることができなくて黒色と見てしまうのだ
黒ブドウの房　アフリカの太陽に花ひらいた蠍《さそり》の首飾り　愛らしい蛇のからみあいだ
波うつもの　おお泉よ　おお髪よ　おお不可知のまえではためく帆よ　おお髪毛
きみマドレーヌという宇宙の　この讃うべき植物をうたう以外　今日私に何ができよう
森のなかに生きるぼく　このぼくにきみの森をうたうほか何ができよう
眉毛の二つの弓　すばらしい筆蹟だ　眉毛にはきみのからだつきにそなわった表情の
　一切がある
愛が月の光のようにひき寄せられる芝生の球戯場
疑問符をつけられたぼくの欲望の群れは　解読しようとしてこれらの詩行を追いかける
ぼくがわれらの生命《いのち》の　マドレーヌよ　もっとも美しい金言を読む　植物的筆蹟
してきみら　あの眼差しの　明るく深い水に姿をうつすまつげである葦よ
もの思う人間よりももっと雄弁で　分別ある葦よ　おお深淵の上にかがみこんだ考え
　るまつげよ
身じろぎもしない兵士たち　まつげは　征服しなければならぬ大切な窪地を囲んで見

張っている
美しい敵手であるまつげ　快楽のアンテナ　悦楽の針の矢
まつげ　黒い天使らは　わが恋人よ　きみの視線の神秘的な退却のうちにかくれてい
　る神をいつでも崇めているのだ
おお　わきの下のみだれた茂み　われら二人の愛の温室植物
きみの神聖なからだがしたたらすほれぼれするような香りの植物
ぼくの想像がここちよくさまよい入る暗い洞窟の鐘乳石
毛の茂みよ　きみはそれを食ったらひきつったように笑って死ぬ野生のセロリではない
きみは人を迷わすヘレボルス　つまり精神病の妙薬だ　きみは匐いのぼるヴァニラの
　木で　その香りはとてもやわらかい
わきの下の苔は　春という春の　もっともあまい香りをひきとめ発散する
してきみ　われらの恋の魅惑的な神のために生贄にささげられる黒い仔羊の毛よ
尊大でしかもあのように美しい羊の毛は　森の美しいジュヌヴィエーヴ・ド・ブラバ
　ンのように　きみの裸身をうやうやしくゆたかにする
軽薄でいとも愛想よくオス的な神のあごひげ　笑い好きなあごひげ　それは偉大な快
　楽の神のものだ
おお二等辺三角形の毛よ　きみは三方に　あのあごひげのように数えきれない　茂み
　をもつ神性そのものだ

おお　すばらしい恋の庭
おお　藻とサンゴとウニ　そして樹枝状の欲望からなる海底の庭よ
そうなのだ　欲望の森はやむことなく深淵をひろげ　天界に近づく

（マドレーヌへの詩）

マドレーヌ一人に

無邪気な月よ　おまえの光も　わが恋人の
　腰ほどは明るくないぞ
ぼくの大好きな曙よ　おまえもあれほどに白くはない
　来る日も来る日もぼくの崇める曙よ
おお　あんなにもまっ白な腰
それで人が指環をつくる
あのアルミニュウムの底の底にも
きみの白さの反映がある
白の領するこの地帯でも
　わけても白いきみの腰よ

（マドレーヌへの詩）

第四の秘詩

ぼくの口はゲヘナの熱をもつだろう
ぼくの口はきみにはやさしさの地獄となろう
ぼくの口の天使らはきみの心臓のなかに君臨するだろう
ぼくの口は十字架にかけられるだろう
そしてきみの口は十字架のかたちした地平の横木であるだろう
して　どんな口があの十字架の垂直の木であるだろう
おおぼくの恋人の垂直の口
ぼくの口の兵士らはきみの内臓を攻略するだろう
ぼくの口の司祭らはその寺院できみの美しさに香を焚くだろう
きみのからだは地震のあいだ一地方のようにゆれるだろう
きみの眼はやがて人類はじまって以来　人類の眼差しのうちに集められた愛のすべて
　をになうだろう
ぼくの恋　ぼくの口は　きみにはむかう　一軍隊であるだろう

不調和だらけの一軍隊
おのれの千変万化の変身をなしうる魔術師のようにとりどりの
なぜならぼくの口はまたきみの耳に話しかけるから　そして何よりも
ぼくの口はきみにぼくの愛を告げるだろう
遠くからきみに愛をささやくだろう
して　千万の天使の階級が行動して　きみに楽園のやさしさを用意する
して　ぼくの口は秩序でもあり　きみをぼくの奴隷にする
そしてマドレーヌはその口をぼくにささげる
ぼくはきみに口づけするおおマドレーヌ

（マドレーヌへの詩）

塹壕

あたしはくぼみのある白いからだをした塹壕
あたしは荒廃したあらゆる土地に住んでいる
若者よ　あたしといっしょにおいで　あたしのからだ　あたしのセックスのなかに
いっしょにいらっしゃい　あたしに入って　あたしは血まみれの悦楽でうれしいのだから
砲弾の繊細で澄んだシャンソンと　砲兵のオーケストラで
あなたの苦しみや気がかり　欲望や憂鬱を癒してあげますわ
ごらん　あたしは白い　こんなに白いから　いちばん白いからだの女より
あたしの胸に抱かれておやすみ　恋人のおなかの上でのように
あたしはあなたに比類ない　眠りもなくおしゃべりもない恋をあげたいの
あたしはこんなにも若い人が好きなのだ
あたしは彼らを愛している　妖精モルガーヌが彼らを愛するように
ジベール山の上

帰り道のないお城のなかで
それはセルビアに向けられた兵士らがいそぎ遠ざかるエトナ山だ
あたしは若者たちを愛した　そして彼らは死に　あたしはなおも生きた彼らを愛する
のだ
さあ　おいで　あたしのセックスのなかに　それはいちばん長い蛇よりも長い
それは並べられた死体の全部ほど長い
おいで　あたしのうたう金属の歌をお聞き　あたしは白い口なのだ
おいで　あたしを好きな者たちがあそこにいる　小銃や臼砲や爆弾や手榴弾で武装し
て　そして彼らは黙りこくって遊んでいるのよ

（マドレーヌへの詩）

はじめてアポリネールの詩を読む人のために

飯島耕一

アポリネールは二十世紀初頭のフランスの詩人です。詩集には『アルコール』『カリグラム』その他がありますが、これらの詩集によって彼は今日あるフランスの詩の開拓者としての役割りを果しました。彼がいなかったならば、フランスの現代詩は今とは異ったものとなっていたでしょうし、彼に代る詩人がどうあっても出現しなければならなかったと思われるほどです。アンドレ・ブルトン、ルイ・アラゴン、ポール・エリュアール、ルネ・シャールのようなシュルレアリスム系の詩人たちのみならず、シュペルヴィエルのような詩人もアポリネールについて、「ぼくが現代詩に到達し、ランボーとアポリネールにひきつけられるには、長い時間を要した」と言い、かつまた「これらの詩人を古典主義詩人、ロマン主義詩人からへだてているあの炎と煙の壁」とも言っています。

先頃来日したフランスのいわゆる「新しい小説《ヌーヴォーロマン》」の小説家、ミシェル・ビュトールも、アポリネールについてしばしば言及し、早稲田大学その他でアポリネールを論じました。

また今日の日本の現代詩のあるものはフランスの二十世紀初頭の詩の影響をかなり受けていますが、アポリネールは、なかでも堀口大學や堀辰雄の翻訳や紹介によって、わが国に早くから受け入れられました。大正十四年発行の堀口大學の訳詩集『月下の一群』には、すでにアポリネールの詩がほぼ三十篇収められています。

アポリネールの詩は、軽快でしゃれた味のものとして受けとられ、事実彼の詩の多くは、古典主義やロマン主義的な詩と異って、日常性をふんだんにとり入れた乾いたユーモアをもっていますが、さらに深くこの詩人を知り、その詩を読んでみると、単に軽快でしゃれているというだけではすますわけに行かないようです。

アポリネールの前時代の詩は、たとえばヴェルレーヌに代表される象徴派、デカダンの詩人たちです。アポリネールもはじめにこのヴェルレーヌのつよい影響下にありました。いや、あの伝統否定のイタリア未来派の戦闘的詩人、マリネッティさえ、出発時にはヴェルレーヌの詩の影響下にありました。イタリアの二十世紀はじめの詩人たちの代表的流派は「黄昏派《クレプスコラール》」と呼ばれており、ヴェルレーヌの亜流ですが、マリネッティも「黄昏派」の詩情のうちにはじめはあったわけです。が、アポリネールも、マリネッティも、そうした悲歌風の抒情詩のうちに出発しながら、それをのりこえることのできた詩人でした。

シュペルヴィエルが、現代詩人と、古典主義ロマン主義詩人とをへだてている「炎と煙の壁」と言っている、まさにその炎と煙のなかにまずまっさきにとびこんだのが、このアポリネールであり、マリネッティであり、さらにアルフレッド・ジャリのような詩人でした。またマックス・ジャコブのような詩人もおり、彼らは象徴派と同時代でありながら異質の「太陽の子」であった。ランボーにつながるものをもっていました。アポリネールはランボーについては語っていませんが、もっぱらボードレールを批評することによって、彼のいわゆる「新しい精神《エスプリ・ヌーヴォー》」を唱えたのでした。彼はまたラクロやサド侯爵を再発見した人でもありました。

アポリネールが、新しい美学をうちたてるには、ピカソとの出合いもなくてはならぬものでした。アポリネールは一九〇七年、「アヴィニョンの娘たち」を描いているピカソをしばしば訪れています。この絵は、アヴィニョンの娼婦たちを描いたもので、二人はたわむれにこの絵を「哲学的淫売屋《ボルデル・フィロソフィク》」などと呼んでいました。と、ある日、その娘たちの顔はアフリカのコンゴの偶像のそれのようなしかめっ面に変っていました。ピカソはヴォリュームをもりあげるのではなく、鼻を横向きにはりつけて、面を折りたたむようにして彼独自のキュビスムの方法を採用していました。アポリネールは、やはりピカソのそれまでの「青の時代」「バラの時代」の悲哀感にみちた道化師などの絵にひかれていたので、はじめは啞然としましたが、まもなく変貌したピカソを擁護する文章を発表しはじめます。ピカソは外科医が、屍体を解剖するように対象に向かうのだ、と。そしてアポリネールの詩も、見かけの自然性を否定して、想像的要素をつよめて行き、何ものかの感銘をうたうよりも、より構造的な造型に向かって行くのです。エレジーの音楽よりも、ユーモアとイメージに向かうと言ってもいいのです。

彼はヴェルレーヌのみか、さらに源流のボードレールの、呪われた、倦怠にみちた現実意識をも否定するに到りました。

アポリネールはボードレールを、ヨーロッパではじめて近代精神を呼吸した存在と言いながら、生活を嫌厭の眼、嫌厭の情熱で眺めたボードレールを批評します。「ボードレールの生活嫌厭の情熱は、樹木や、花や、女たちや、宇宙全体を、芸術そのものまで、何か有害なものに変えることをめざしていた」。ボードレールのモラルは、「ペシミスティックなディレッタンティスムをもって、生活や事物に向きあうように、われわれをしむける」。それはアポリネールにとっては、「健全な現実」をとらえる方法とはうつらなかったのです。かつて「悪の花」を読んだ人がこの訳アポリネール詩集を一読されるなら、そのことはおわかりいただけると思います。アポリネールは、ボードレールの内なるモラル、われわれを「苦しめる」モラルの意識を、もはや「却下」しようと言うのです。

アポリネールのあとにあらわれたアンドレ・ブルトンは、「人間は朝、めざめるや否やつらい気持にひき戻されるが、それは彼の生活が哀れな贖罪の観念に毒されているからだ」ということを言っています。アポリネールは少くとも、そうした贖罪観念、キリスト教の戒律につらなるモラルをもって生き、その眼で人々や事物を見ることを拒否したのです。そのためには、太陽の光のもとなる、ものそれ自体、光それ自体を捉えることです。

ボードレールは貴族主義的な人間であり、ダンディスムをその生活信条としていました。彼の「赤裸の心」という文集を見ればそのことはあきらかです。ポーランド貴族の血をひくアポリネールは、それに比べれば、はるかに民衆的で、人々と真に知りあうことを求めていました。

これらのことを知ると、さらにアポリネールの詩が、どのような立場のもとに書かれたかがわかると思います。たしかにアポリネールの詩は、ボードレールやヴェルレーヌに比べて、軽快でしゃれています。が、単に軽快でしゃれているではすまない、別のものがあるのに気づきます。詩は、詩として読めばいいのです。しかし、詩は単に閑つぶしのセンチメンタルなくりごとですむものではありません。ひいては、われわれの生活意識、世界観にまで、深いところで影響を及ぼさずにはいません。

アポリネールは、捉えがたい未来を知っていましたから、過去の時を知れとも言いましたが、同時に、われわれの未来には、どんな宝庫がかくされているか、はかり知れないことも知っていました。

また、アポリネールは何よりも女性との、しばしばエロチックな恋愛の詩人です。この詩集を読まれた人は、二十世紀の詩人の恋愛詩の一典型を知るはずです。

訳書の底本としてはガリマール書店のプレイアッド版詩集をとり、アンドレ・パラン、ジャック・ルカの『アポリネール全集』をも随時参照しました。なお、堀口大學氏訳

『アポリネール詩集』(創元社版)、紀伊国屋版『アポリネール全集』所収の諸家の訳を参考として、得るところが少なかったことを付記しておきます。

一九六七年三月

略年譜

一八八〇年　八月二十六日、ローマに生まれる。父はシチリア王国退役将校、フランチェスコ・ダスペルモント、母はポーランド人で、アンジェリック・コストロヴィツカという名だった。母方の祖父は一八六三年のポーランド独立運動に参加したが、敗れてローマに亡命していた。父は息子を認知しないので、アポリネールの本名は、母方の名を名乗ってウイルヘルム・コストロヴィツキーといった。

一八八七年　母コストロヴィツキー夫人は、夫と別れ、一家はモナコに移る。

一八九九年　パリに移る。

一九〇一年　アポリネールはミロー子爵夫人の娘の家庭教師となり、同じく子爵夫人家の家庭教師だったイギリス女性、アンニー・プレイデンと識る。子爵家の人々にしたがって、アポリネールはライン地方に赴き、アンニーも同行する。（この訳詩集にも見られるアポリネールのラインのイメージはこのときのものであり、「いぬサフラン」「アンニー」等はこのアンニー・プレイデンをうたったものである。）

一九〇三年　アンニーを追ってロンドンに行き、結婚を申込むが拒まれる。このとき、「恋を失った男の歌」の初稿が書かれる。（「ランダー街の移民」もロンドンのアンニーの記憶につながっている。）

一九〇四年　ピカソと識る。

一九〇七年　マリー・ローランサンと出合う。（この「詩集」でマリーとあるのはマリー・ローランサンのことである。）

一九〇八年　ピカソに捧げる詩「婚約」を発表。画家アンリ・ルッソーと交る。

一九〇九年　友人アンドレ・サルモンの結婚式で、アポリネールは詩を朗読する。

一九一一年　アポリネールは、いわゆる「ジョコンダ事件」（ルーヴルのジョコンダが盗難にあった事件）で嫌疑をかけられ、九月七日、ラ・サンテ刑務所に収監される。九月十二日、疑いがはれて釈放される。（「ラ・サンテ監獄で」はこのとき書かれたもの。）

一九一二年　マリー・ローランサンとの恋愛をモチーフとする「ミラボー橋」を発表。この年、長詩「地帯」および、新しい方法による「窓」を書いている。

一九一三年　美術論集『キュビスムの画家たち』を刊行。四月、詩集『アルコール』を刊行。この詩集には句読点がないが、前年の「地帯」以来、彼は句読点を全廃している。いわゆる「会話詩《ポエム・コンヴェルサシオン》」——「月曜日クリスチーヌ街」を発表しているが、これは友人ジャック・ディソールのチュニジア出発をまえにした友人たちの会話を詩にしたもの。

一九一四年　ローランサンと決定的に別れ、アポリネールは絶望する。この年七月、第一次大戦が勃発、アポリネールはただちに志願する。この時もなお彼の国籍はポーランドにある。十二月、ニームの第三十八砲兵連隊に入隊。この前後、ルウを知り、アポリネールはこの新しい恋に熱中した。（この「詩集」にもルウ詩篇を若干入れてあるが、ルウは気紛れな女で、詩人を悩ました。）

一九一五年　一月、休暇でニースへ行き、ルウと過した帰途、マドレーヌと知り、八月にはこのアルジェリア、オラン近郊の娘と文通により婚約する。戦争と恋を主題とした詩多数を書く。十一月、歩兵少尉となり、最前線に出る。

一九一六年　この年二月、アポリネールはフランス国籍を取得。三月、エーヌ県ベリー＝オー＝バック近郊ビュットの森の塹壕で、頭部に重傷を負う。

一九一七年　六月、シュルレアリスム演劇と呼ばれた戯曲「ティレジアの乳房」上演される。アポリネールはシュルレアリスムという言葉の発明者だった。前年夏、知りあったジャックリーヌの故郷で、詩集『カリグラム』を編集する。

一九一八年

ジャックリーヌをうたった「美しい赤毛の女」を発表。四月、『カリグラム』を刊行。（この「訳詩集」には『カリグラム』からは五篇のみを収録したが、別の機会にこの詩集の翻訳をも発表するつもりである。）五月、ピカソらを証人としてジャックリーヌと結婚する。同年、十一月九日、詩人は久しく頭部の負傷の予後を苦しんでいたが、この当時流行したスペイン風邪で死に到った。マックス・ジャコブ、ピカソ、コクトーら多くの友人が集って葬儀が行われた。

参考文献

アポリネールについてさらに知りたい読者に、紀伊国屋書店版『アポリネール全集』全一巻、青土社版『アポリネール全集』全四巻、ほかに、拙著、評伝『アポリネール』（美術出版社）があることを言いそえておきます。この詩人がたんに「ミラボー橋」の詩人としてではなく、もう少し大きな企てをもった詩人として、知られ、愛されるように。

目次

本書は『アポリネール詩集』（彌生書房、一九六七年）を底本とし、再編集したものである。

作品のなかには差別的表現と捉えられかねない語句を含むものもあるが、発表された年代の状況に鑑み、原文通りとした。

著者略歴

ギヨーム・アポリネール　Guillaume Apollinaire

フランスの詩人。一八八〇年、ローマに生まれる。九九年にパリへ移り、前衛雑誌を創刊。ピカソら画家・芸術家と親交を結んだ。詩作のほか、戯曲や小説、評論などを著した。一九一八年、当時流行していたスペイン風邪によって三八歳で世を去った。

訳者略歴

飯島耕一〈いいじま・こういち〉

詩人。一九三〇年、岡山に生まれる。東京大学文学部仏文科卒業。國學院大学教授、明治大学教授を歴任した。五三年に詩集『他人の空』を発表。高見順賞受賞の『ゴヤのファースト・ネームは』などの多くの詩集のほか、翻訳、評論多数。二〇一三年没。

アポリネール詩集

ギヨーム・アポリネール著

飯島耕一訳

二〇二三年八月三一日
初版第一刷発行

装釘　鈴木哲生
編集　中村外
印刷　日本ハイコム株式会社
製本　加藤製本株式会社
発行　合同会社土曜社

〒一三五－〇〇六二
江東区東雲一－一－一六－九一一
doyosha.jimdo.com

マヤコフスキー　ズボンをはいた雲　小笠原豊樹訳

戦争と革命に揺れる世紀転換期のロシアに空前絶後の青年詩人が現れる。名は、V・マヤコフスキー。「ナイフをふりかざして神をアラスカまで追い詰めてやる！」と言い放ち、恋に身体を燃やしにゆく道すがら、皇帝ナポレオンを鎖につないでお供させる。1915年9月に友人オシップ・ブリークの私家版として1050部が世に出た青年マヤコフスキー22歳の啖呵が、世紀を越えて、みずみずしい新訳で甦る。

イリュミナシオン　ランボオ詩集　金子光晴訳

パリで詩人としての人生を焼き尽くした早熟の天才・ランボオの代表的詩集『イリュミナシオン』。若き頃妻とパリに流れ着いた金子光晴による翻訳が響き合う。表題作のほか、代表作『酔っぱらいの舟』等も収録。訳者による解説を付す。

ロルカ詩集　長谷川四郎訳

20世紀スペインを代表する詩人、ガルシア・ロルカ。アンダルシアの風土に独自の詩的イメージを開花させた詩を多数収録。実在の闘牛士の死を悼んだ「イグナシオ・サーンチェス・メヒーアスを弔う歌」のほか、「ジプシーのロマンス集」「タマリット詩集」より抜粋し訳者が編み直した。長谷川四郎による軽快な翻訳。

T・S・エリオット　荒地　西脇順三郎訳

第一次大戦後の荒廃するヨーロッパ、そしてスペイン風邪の流行というパンデミックの時代を背景として1922年に発表された長編詩。モダニズム文学を代表するこの作品を、同時代の詩人・西脇順三郎による翻訳でおくる。本邦初の完訳版。

シルヴィア・プラス詩集　吉原幸子 皆見昭訳

若くしてその才能をあらわし、30歳で悲劇的な死を遂げたことによって伝説的な存在となっている詩人・シルヴィア・プラス。愛と苦悩によってすぐれた作品を生み出した彼女の詩47篇を収録。2022年に没後20年を迎えた詩人・吉原幸子が歳月を費やし英文学者の皆見昭とともに訳出した翻訳詩集。